AF557141

Paula Harrison

Kitty

Verbrecherjagd bei Vollmond

Alle Bände von Kitty:

Band 1: Mission im Mondschein
Band 2: Geheimauftrag bei Nacht
Band 3: Abenteuer im Sternenlicht
Band 4: Verfolgung um Mitternacht
Band 5: Verbrecherjagd bei Vollmond

Paula Harrison

Verbrecherjagd bei Vollmond

Illustriert von Jenny Løvlie

Aus dem Englischen übersetzt
von Nadine Mannchen

Für Henry und seine Lieblingskatzen, Max und Evie. – P.H.

Für Clare und Lizzie, das beste Team! – J.L.

ISBN 978-3-7432-0684-7
1. Auflage 2022
Erschienen unter dem Originaltitel *Kitty and the Great Lantern Race*

Kitty and the Great Lantern Race was originally published in English in 2020.
This translation is published by arrangement with Oxford University Press.

Bühlstraße 4, D-95463 Bindlach
Aus dem Englischen übersetzt von Nadine Mannchen
Umschlaggestaltung: Michael Dietrich
Printed in the EU

www.loewe-verlag.de

Inhalt

Kitty & ihre Katzenbande

Kitty

Kitty hat ganz besondere Kräfte.
Doch ist sie schon bereit, eine Superheldin zu sein wie ihre Mutter?

Zum Glück hat Kitty ihre Katzenfreunde, die fest an sie glauben und ihr zeigen, dass eine echte Heldin in ihr steckt!

Tiger

Ein kleiner orange getigerter Straßenkater, der Kitty über alles liebt.

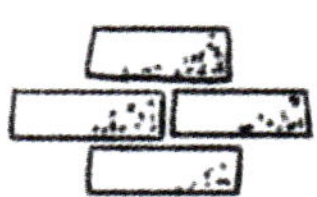

Figaro

Figaro ist weise und freundlich und kennt die Nachbarschaft wie die Muster auf seinem Fell.

Pixie

Pixie hat ein Näschen dafür, in Schwierigkeiten zu tappen, und eine blühende Fantasie.

Katsumi

Katsumi ist schlau und gebildet. Sobald es irgendwo Ärger gibt, sagt sie Kitty sofort Bescheid.

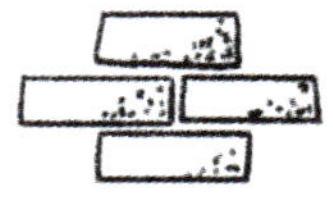

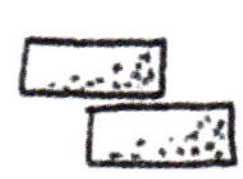

Das Lichterfest

Kitty schnitt zwei spitze Katzenohren aus und klebte sie vorsichtig auf ihre Papierlaterne. Lächelnd hob sie die Laterne hoch. Morgen Abend würde die ganze Stadt das Lichterfest feiern. Es sollte einen großen Umzug durch die Straßen und zum Abschluss ein wunderschönes Feuerwerk geben.

Im ganzen Klassenzimmer waren die Kinder damit beschäftigt, Laternen zu basteln. In

jede davon würde später noch eine Lampe kommen, die wie eine echte Kerze aussah. Kitty konnte es gar nicht erwarten, sie alle in der Dunkelheit leuchten zu sehen – wie ein Meer funkelnder Sterne. Ihre Laterne sah aus wie ein Katzenkopf, den sie aus schwarzem und weißem Papier gebastelt hatte. Als Schnurrhaare hatte sie schwarze Strohhalme angeklebt. Das Gesicht hatte eine gewisse Ähnlichkeit mit Kittys Freund, dem Kater Figaro!

Kitty hatte sich aus einem besonderen Grund für eine Katzen-Laterne entschieden.

Sie hatte nämlich Katzensuperkräfte und trainierte dafür, eine echte Superheldin zu werden. Im Schein des Mondes erlebte sie mit ihrer Katzenbande oft richtige Abenteuer und sprang Salto schlagend über die Dächer der Stadt. Kitty liebte das Kribbeln, das ihre außergewöhnlichen Fähigkeiten in ihrem ganzen Körper auslösten. Genauso wie sie es liebte, Zeit mit ihren Katzenfreunden zu verbringen. Vor allem mit Tiger, dem pummeligen orangeroten Kätzchen, das jede Nacht auf ihrem Bett schlief.

Emily, die mit Kitty am selben Tisch bastelte, tippte sie auf den Arm. „Schau mal, Kitty! Gefällt dir mein Schmetterling?“ Sie zeigte Kitty ihre Laterne, die leuchtend lilafarbene Flügel hatte. Die Ränder hatte sie mit silbernem Glitzer verziert und auf dem Kopf saßen zierliche grüne Fühler.

„Der sieht toll aus!“, staunte Kitty.

Emily strahlte. „Ich kann’s gar nicht abwarten. Der Laternenumzug morgen wird einfach super. Meine Mama und mein Papa kommen mit meiner Tante Sarah zum Zuschauen.“

Kittys gute Laune verflog ein bisschen, als sie daran denken musste, dass ihre Eltern nicht kommen konnten. Ihre Mutter, die selbst eine Superheldin war, musste arbeiten. Und ihr Vater wollte nicht, dass Kittys kleiner Bruder Max so lange wach blieb. Aber immerhin würde Kitty mit ihren Schulfreunden zusammen sein – und vielleicht würde ja die Katzenbande vorbeischauen!

„Es wird genial!“, stimmte sie Emily zu. „Wer dieses Jahr wohl den Preis gewinnt?“

„Hoffentlich jemand aus unserer Klasse", sagte Emily.

Am Laternenumzug der Stadt nahmen sämtliche Schulen teil und am Ende gab es für die schönste Laterne eine Auszeichnung. In diesem Jahr war der Preis eine herrliche Krone, die mit leuchtenden goldenen Sternen verziert war. Ihre Lehrerin, Frau Phillips, hatte die Krone in die Schule mitgebracht, um sie ihnen zu zeigen. Im Moment stand sie vorne auf dem Lehrerpult und funkelte in der Sonne. Als alle gesehen hatten, wie schön die Krone war, hatten sie sich ganz besonders viel Mühe mit ihren Laternen gegeben.

Nun klatschte Frau Phillips in die Hände. „Hört mal alle her! Die Laternen sehen wundervoll aus. Ihr könnt sie heute mit nach Hause nehmen, aber denkt daran, sie morgen Abend mit zum Umzug zu bringen."

Kitty hielt ihre Laterne hoch und lächelte. Sie freute sich schon darauf, das Kunstwerk ihrer Familie und all ihren Katzenfreunden zu zeigen.

Als es dunkel wurde, schaltete Kitty die kleine Lampe in der Laterne an und stellte sie auf ihr Fensterbrett. Sie hoffte, dass ihre Katzenbande sie heute Nacht besuchen kommen würde. Dann könnte sie ihren Freunden alles

über das Lichterfest erzählen und fragen, ob sie gern zum Umzug kommen würden.

Kitty sah, wie am Nachthimmel der Mond aufging und die Hausdächer in silbriges Licht tauchte. Schwankende Bäume malten tanzende Schatten an

die Hausmauern. Wie winzige Diamanten erstrahlten Hunderte von Sternen.

Tiger, der eingerollt auf Kittys Bett lag, gähnte herzhaft. „Bist du gar nicht müde, Kitty?"

„Noch nicht!" Kitty lächelte. „Glaubst du, Figaro und die anderen kommen uns heute Nacht besuchen?"

Tiger streckte sich und sprang neben Kitty auf die Fensterbank. Er schmiegte sich an ihren Arm, bevor er in die Finsternis hinausblickte. „Noch ist nichts von ihnen zu sehen. Nein, warte! Bewegt sich da etwas beim Schornstein?“

Kitty öffnete das Fenster ein wenig und ein Windhauch bauschte die Vorhänge auf. Ihre Katzensuperkräfte rauschten durch ihren Körper und kribbelten auf ihrer Haut. Mit ihrer Nachtsicht und dem Supergehör spähte

Kitty in die Dunkelheit. Plötzlich sah sie alles glasklar und hörte Dutzende leiser Geräusche – vom Rauschen eines vorbeifahrenden Autos bis zum Flügelschlag eines kleinen Nachtfalters neben einer Straßenlampe.

Sie richtete ihre Aufmerksamkeit auf die weiter entfernten Dächer. Ein schwarzer Kater mit weißem Gesicht und weißen Pfoten sprang schwungvoll über einen Dachfirst. Vor ihm flitzte eine flauschig weiße Katze mit hellgrünen Augen.

„Figaro und Pixie kommen!", teilte sie Tiger mit, der aufgeregt mit dem gestreiften Schwanz zuckte.

„Guten Abend, Kitty", rief Figaro, als er ihr Fensterbrett erreicht hatte. „Also das nenne ich eine hübsche Laterne! Hast du sie selbst gemacht?"

„Das habe ich! Sie ist für das Lichterfest morgen Abend." Kitty erzählte ihnen alles über den Laternenumzug und das Feuerwerk.

„Deshalb habe ich gehofft, dass ihr vielleicht vorbeikommt und von einem Dach aus zuschaut."

„Ich wusste gar nicht, dass es ein Feuerwerk gibt." Zitternd legte Tiger sich eine Pfote an die Wange. „Vielleicht sollte ich besser hierbleiben …"

„Mir gefällt das auch nicht. Da knallt und scheppert es immer so laut!", stimmte Pixie ihm zu. „Keine Angst, Tiger. Ich bleibe hier und passe auf dich auf."

„Feuerwerke sind wirklich eine Plage!", schimpfte Figaro und zwirbelte seine Schnurrhaare. „Gut möglich, dass ich auch lieber darauf verzichte. Aber ich hoffe, du hast viel Spaß bei deinem Umzug, Kitty. Vielleicht

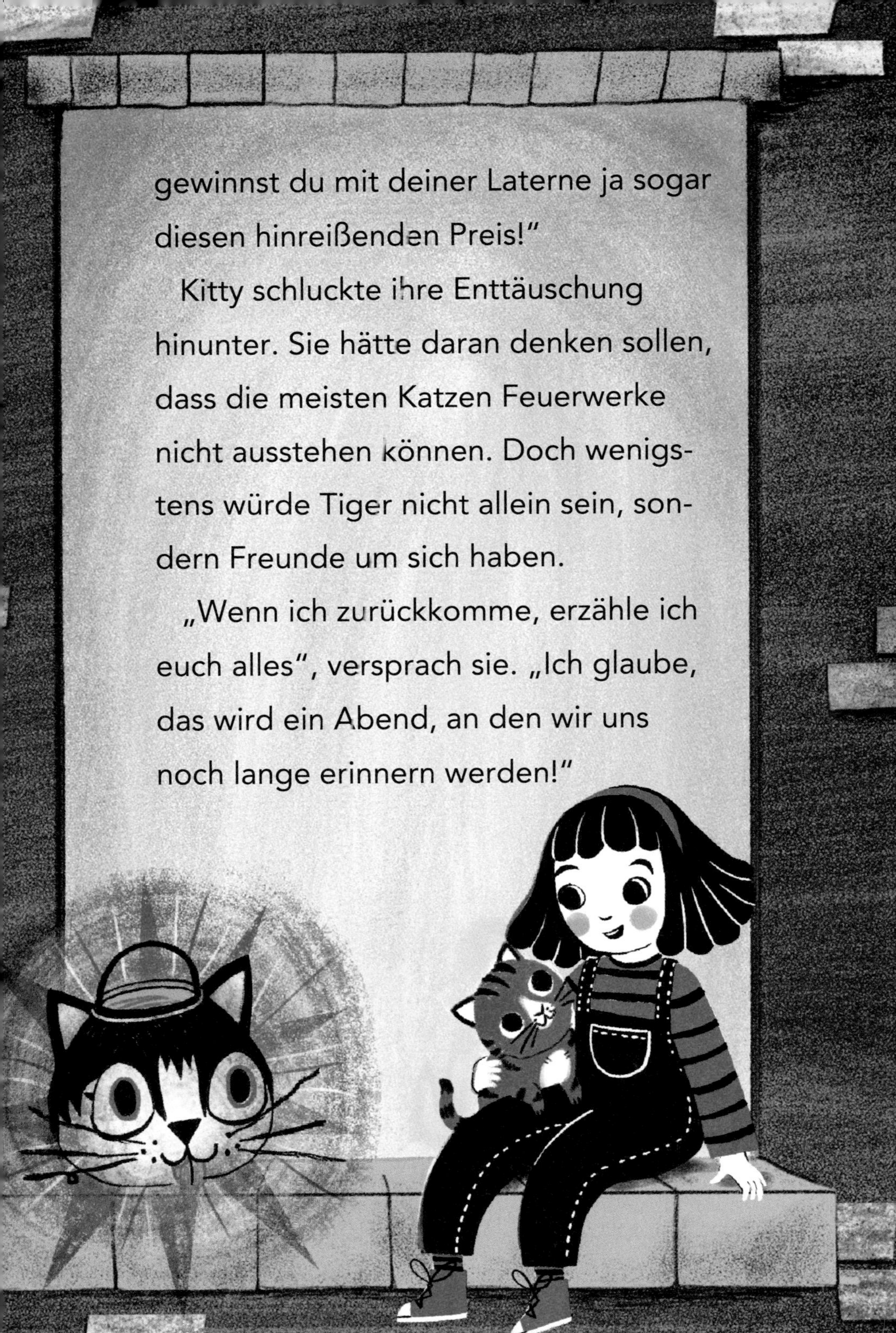

gewinnst du mit deiner Laterne ja sogar diesen hinreißenden Preis!“

Kitty schluckte ihre Enttäuschung hinunter. Sie hätte daran denken sollen, dass die meisten Katzen Feuerwerke nicht ausstehen können. Doch wenigstens würde Tiger nicht allein sein, sondern Freunde um sich haben.

„Wenn ich zurückkomme, erzähle ich euch alles“, versprach sie. „Ich glaube, das wird ein Abend, an den wir uns noch lange erinnern werden!“

Eine böse Überraschung

Kitty war vor Aufregung ganz hibbelig, als sie sich am nächsten Abend zu den anderen Kindern stellte, die auch am Umzug teilnahmen. Über ihnen schien hell der Vollmond und überall wimmelte es von Leuten. Zwischen den Straßenlampen waren lange goldrote Girlanden gespannt und an den Bäumen hingen wie verzauberte goldene Früchte leuchtende Lampions. Eine eisige Brise wehte durch die Straße und Kitty zog den Reißverschluss ihrer Jacke bis zum Kragen hoch.

Emily hakte sich bei ihr unter. „Wahnsinn, wie viele Leute hier sind! Und schau dir all die Laternen an."

Kitty entdeckte eine Eisenbahn-Laterne und eine, die wie ein Einhorn mit leuchtendem

horn aussah. „Es sind so viele verschiedene!" Sie lächelte ihre Freundin an. „Aber dein Schmetterling gefällt mir immer noch am besten."

Frau Phillips rief sie zu sich und der Laternenumzug begann. Alle schalteten ihre Lampen ein und gemeinsam liefen die Kinder durch die Straßen. Ihre Lichter schaukelten

über ihnen wie eine riesige funkelnde Raupe. Entlang der Strecke standen Zuschauer und klatschten begeistert, wenn die Kinder vorbeizogen.

Kitty strahlte. Es war herrlich, bei so einem Spektakel dabei zu sein. Sie betrachtete die vielen Menschen und die Lichter und prägte sich alles gut ein – schließlich wollte sie später, wenn sie nach Hause kam, Tiger, Pixie und Figaro genau berichten können.

Da nahm sie aus dem Augenwinkel auf einem Dach in der Nähe eine Bewegung wahr. Als sie aufblickte, sah sie

einen schwarzen Schemen an einem Schornstein vorbeiflitzen. In einer Satellitenschüssel spiegelte sich der Mond. Als Kitty noch einmal zu dem Dach aufschaute, war der Schatten verschwunden.

Die Parade zog weiter und erreichte eine Biegung, wo die Girlanden an den Straßenlampen im Wind flatterten.

„Meine Uhr ist verschwunden!“, rief jemand aus der Menge.

Kitty drehte sich sofort zu ihm um. Ein

grauhaariger Mann blickte ungläubig auf sein Handgelenk. Erst tastete er seine Manteltaschen ab, bevor er den Boden um seine Füße herum absuchte. „Wo ist sie?“, rief er. „Ich habe etwas am Arm gespürt, dann war sie weg!“

„Vielleicht ist der Verschluss kaputtgegangen und sie ist heruntergefallen", überlegte der Mann neben ihm.

Der grauhaarige Herr schüttelte entschieden den Kopf. „Nein, das glaube ich nicht! Ich habe sie erst letzte Woche gekauft und der Verschluss ist sehr stabil. Ich verstehe das einfach nicht!"

Kitty machte ein nachdenkliches Gesicht. Es kam ihr sehr seltsam vor, dass jemand so plötzlich seine Uhr verlor. Während sie mit den anderen Kindern weiterzog, beobachtete sie aufmerksam die umstehende Menge. Da sie bei Nacht gut sehen konnte, nahm sie jede noch so unscheinbare Bewegung wahr.

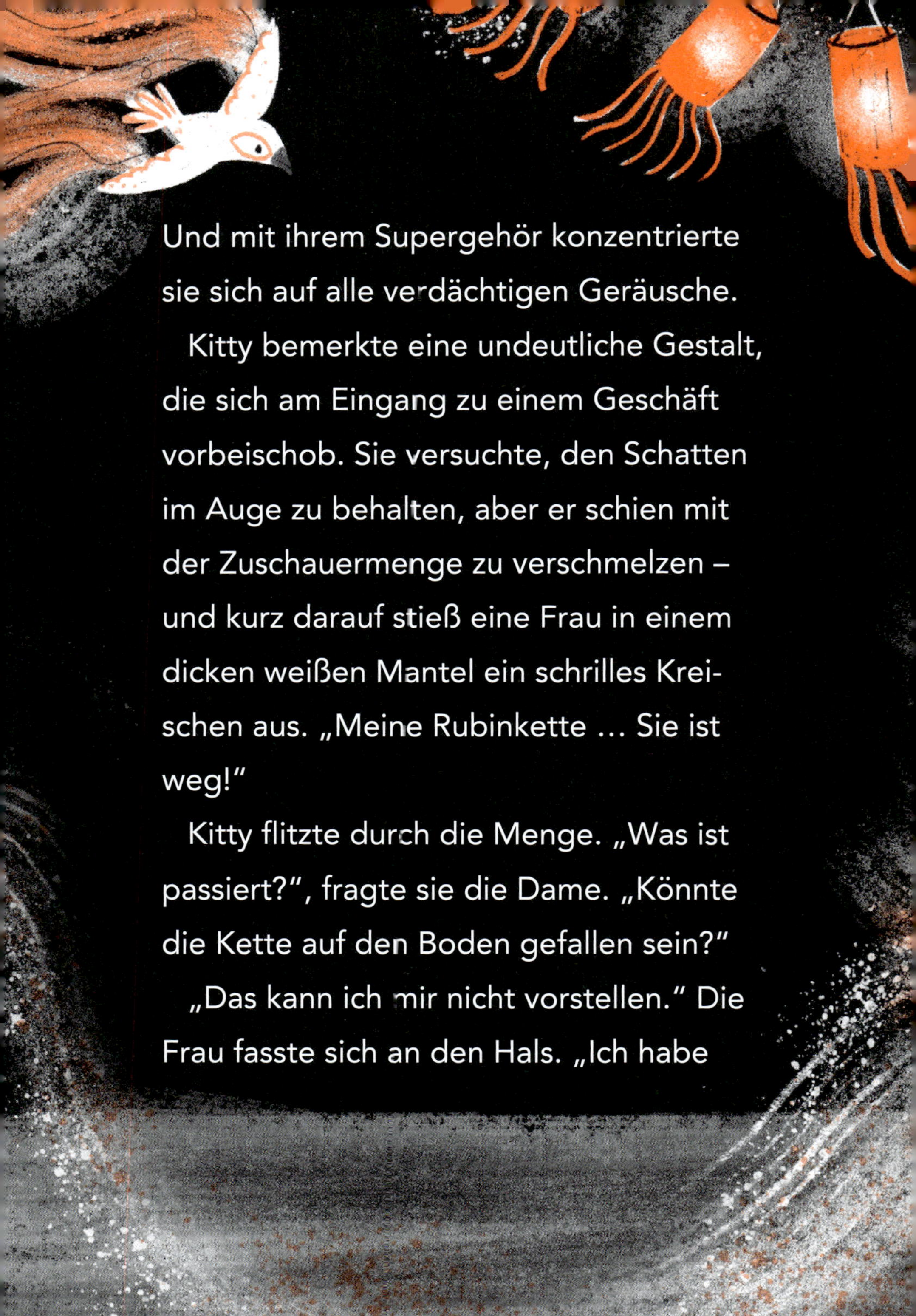

Und mit ihrem Supergehör konzentrierte sie sich auf alle verdächtigen Geräusche.

Kitty bemerkte eine undeutliche Gestalt, die sich am Eingang zu einem Geschäft vorbeischob. Sie versuchte, den Schatten im Auge zu behalten, aber er schien mit der Zuschauermenge zu verschmelzen – und kurz darauf stieß eine Frau in einem dicken weißen Mantel ein schrilles Kreischen aus. „Meine Rubinkette … Sie ist weg!"

Kitty flitzte durch die Menge. „Was ist passiert?", fragte sie die Dame. „Könnte die Kette auf den Boden gefallen sein?"

„Das kann ich mir nicht vorstellen." Die Frau fasste sich an den Hals. „Ich habe

etwas an meinem Hals gespürt … Es fühlte sich an wie Fell. Dann habe ich nach unten gesehen und meine wertvolle Kette aus roten Rubinen war verschwunden!“

Kitty sah sich schnell um. Alle in der Nähe wirkten ebenso ratlos wie sie selbst.

„Mein Mann hat mir diese Kette zu unserer Hochzeit geschenkt, deshalb ist sie mir so wichtig." Der Frau traten die Tränen in die Augen. „Wer könnte denn so etwas Gemeines tun?"

Kitty hielt ihre Laterne fest umklammert. Das alles kam ihr sehr verdächtig vor. Die Uhr und die Rubinkette waren beide sehr plötzlich verschwunden, was sie auf den Gedanken brachte, dass dies kein Zufall war. Doch wer hatte sie gestohlen? Und wie?

Kitty wollte den Menschen helfen. Immerhin war sie eine angehende Superheldin! In ihrem Bauch rumorte es, als würde ein ganzer Schwarm Nachtfalter darin herumtoben. War das wirklich eine gute Idee? Keiner ihrer Katzenfreunde war da, um sie zu unterstützen.

Tiger und die anderen warteten zu Hause, weit weg von hier. Kitty würde das Verschwinden der Uhr und der Kette also ganz allein untersuchen müssen. Konnte sie es allein schaffen?

Sie atmete tief durch. Ihre Superkräfte wurden gebraucht, hier und jetzt! Also musste sie einen Weg finden. Sie dachte an die Worte ihrer Mama, als sie das erste Mal zu einem Abenteuer im Mondschein aufgebrochen war: *Lass dich von deiner Angst nicht aufhalten. Du bist mutiger, als du denkst!* Sie musste einfach ihr Bestes geben.

Schnell lief Kitty zurück zu Emily. „Die Kette einer Frau ist verschwunden und ich muss ihr helfen", erklärte sie ihrer Freundin. „Könntest du auf meine Laterne aufpassen?"

„Aber klar doch!“ Emily nahm die Katzen-Laterne. „Kommst du allein zurecht?“

Kitty lächelte tapfer. „Mach dir um mich keine Sorgen! Ich schaue mich nur ein bisschen um.“

Kitty entfernte sich von der Menschenmenge und tauchte in die Schatten ein. Hinter einem Baum versteckt streifte sie ihre Jacke ab, unter der ihr Superheldinnenkostüm zum Vorschein kam. Ihr Umhang flatterte im Nachtwind. Zum Glück hatte sie das Kostüm noch angezogen, bevor sie am Abend aufgebrochen war. Es schadete nie, auf alles vorbereitet zu sein!

Kitty holte ihre Superheldinnenmaske aus der Tasche, setzte sie auf und sah sich in der Dunkelheit um. Hatte der Schemen, den sie gesehen hatte, etwas mit der vermissten Uhr und der Kette zu tun? Noch konnte sie nicht sicher sein. Aber wenn sie recht hatte, dann trieb sich jemand auf dem Fest herum, der die Leute bestahl, während sie dem Laternenumzug zuschauten.

Wenn das stimmte, musste es jemand sein, der sehr leise und geschickt war. Jemand, der sich in die Menge schleichen und wieder verschwinden konnte, bevor irgendjemand etwas bemerkte. Sie musste den Dieb aufhalten, bevor er noch mehr Wertsachen klauen konnte!

Kitty spürte neue Energie in sich aufsteigen. Sie flitzte zu einer Straßenlampe und kletterte hinauf, um sich einen besseren Überblick zu verschaffen. Von dort aus konnte sie über die Köpfe der Menschen hinwegsehen. Der Umzug bewegte sich weiter und Dutzende von Laternen schaukelten in der

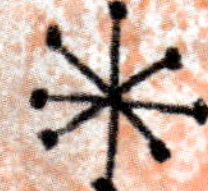

Nacht auf und ab. Die Zuschauer klatschten und die rot-goldenen Girlanden flatterten im Wind.

Kitty runzelte die Stirn. Wo war bloß die seltsame Gestalt?

Plötzlich entdeckte sie hinter einem Briefkasten auf der anderen Straßenseite ein Paar bernsteinfarbener Augen, das sie beobachtete. Das Gesicht wurde von einer schwarzen Maske verdeckt, doch in den Augen blitzte es frech. Bevor Kitty einen besseren Blick erhaschen konnte, huschte der Schatten allerdings bereits weiter, glitt durch die Menge und sauste an Laternenpfählen vorbei.

Kittys Haut prickelte. Sie hatte das komische Gefühl, dass sie gerade den Schmuckdieb gefunden hatte!

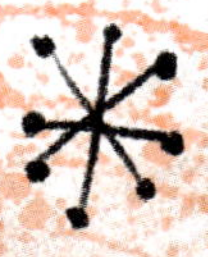

Auf Verbrecherjagd

Kitty sprang von der Straßenlampe herunter und landete geschmeidig auf dem Gehsteig. Der flüchtende Dieb sauste durch die Menschenmenge und sprang über Mülleimer. Kitty jagte ihm hinterher. Ihre Superkräfte rauschten durch ihren ganzen Körper. Der Dieb hatte noch immer einen großen Vorsprung, doch Kitty war sicher, dass sie ihn einholen würde.

Der Räuber warf mit funkelnden Augen einen Blick über die Schulter. Als er sah, dass Kitty ihn verfolgte, lachte er. Mit einem Mal tauchte er im Publikum unter und schnappte sich die Handtasche einer Frau, bevor er hinter dem nächsten Laternenpfahl wieder in Deckung ging. Die Frau fasste sich an die Schulter und blickte sich besorgt um.

„He!“, rief Kitty. „Gib das zurück!“

Der Dieb beachtete sie gar nicht. Wie ein Schatten verschwand er zwischen den Zuschauern und tauchte auf der anderen Straßenseite wieder auf.

Kitty rannte schneller. Sie sprang auf eine Bank, griff nach dem Ast eines Baumes und schwang sich daran über die Straße. Sanft kam sie auf der anderen Seite auf und rannte

weiter. Ein Stück vor ihr flitzte der Dieb um einen Mülleimer herum. Im nächsten Moment duckte er sich hinter eine Gruppe Menschen und war wieder verschwunden.

Ratlos schaute Kitty sich um. Dabei fiel ihr hoch oben eine Bewegung auf. Der Räuber war an einem langen Regenrohr eine Hauswand hinaufgeklettert. Mit einem Satz landete er auf dem Dach und streckte siegessicher die gestohlene Handtasche in die Luft. Um seinen Hals glänzte die Rubinkette. Schon sauste er weiter und folgte über den Dächern dem Laternenumzug.

Kitty zog sich gekonnt am Regenrohr hinauf. Dieser Dieb kam ihr wirklich seltsam vor. Er war sehr klein und schnell und schien keinerlei Höhenangst zu haben. Und ihm war offensichtlich egal, wie vielen Menschen er schadete. Kitty war fest entschlossen, den Gauner zu erwischen, bevor er das ganze Fest ruinierte.

Ein eisiger Wind fegte übers Dach und ließ Kittys Umhang aufflattern. Leichtfüßig rannte sie über den Dachfirst und folgte dem Dieb,

der gerade über eine schmale Lücke zwischen zwei Häusern sprang. Unter ihnen zog die Parade weiter und auf den Straßen herrschte fröhlicher Trubel.

Kitty fühlte sich auf dem Dach sehr einsam. Sie dachte an die vielen Male, als ihre Freunde ihr geholfen und ihr Mut gemacht hatten. Sie wünschte, Figaro oder Pixie oder jemand anderes aus ihrer Katzenbande wäre jetzt bei ihr.

Sie atmete tief ein. Es musste doch einen

Weg geben, diesen Bösewicht auszutricksen. Gut möglich, dass er vorhatte, wieder auf die Straße zu huschen und noch mehr Menschen auszurauben. Vielleicht könnte sie eine Abkürzung nehmen und ihn abfangen, wenn er zurück aufs Dach entkommen wollte.

Kitty versteckte sich hinter einem Schornstein. Als sie sicher war, dass der Räuber nicht hinsah, kletterte sie über einen Fenstersims zum Gehsteig hinunter. Nachdem Kitty ein Stück die Straße entlanggeflitzt war, kletterte sie wieder auf ein Dach. Wenn ihr Plan aufging, könnte sie den Verbrecher überraschen und fangen! Vorsichtig spähte sie auf die Menschen hinab und suchte nach der schattenhaften Gestalt.

Die Zuschauer klatschten und viele Stimmen wehten zu ihr herauf. Kitty entdeckte auch Emily mit ihren beiden Laternen, dem Schmetterling und dem Katzenkopf. An der Kante des Daches ging sie in die Hocke und wartete.

Der Umzug näherte sich einer hell erleuchteten Bühne am Ende der Straße. In

ihrem feinsten Anzug stand dort schon die Bürgermeisterin der Stadt. Kitty schaute mit ihrer Supersehkraft genau hin. Die Bürgermeisterin hielt die goldene Krone in der Hand – den Preis für die schönste Laterne. Die herrlichen Sterne, mit denen sie verziert war, glitzerten im Licht. Sobald die Parade ihr Ziel erreicht hätte,

würde eine besondere Zeremonie stattfinden, bei der die Krone verliehen wurde.

Auf einem Dach direkt neben der kleinen Bühne regte sich ein Schatten. Kitty konnte es kaum glauben. Wie war der Dieb so weit gekommen, ohne dass sie es gemerkt hatte?

Sie flitzte über den Dachfirst, ohne den Räuber aus den Augen zu lassen. Wild flatterte ihr Umhang hinter ihr durch die Luft, während sie zum nächsten Haus sprang.

Kitty landete elegant, bevor sie auf dem Dach an mehreren Schornsteinen vorbeirannte.

Der kleine Räuber schwang sich an einem Regenrohr hinab und hüpfte anmutig auf den Boden. Von dort aus schlich er sich näher an die Tribüne heran, indem er von einem

Schatten zum nächsten huschte. Die versammelten Zuschauer lächelten die Kinder mit den Laternen freundlich an. Keiner bemerkte die Gestalt, die sich der Bühne näherte.

Der Dieb war ganz auf die Bürgermeisterin konzentriert. Kitty rutschte das Herz in die Hose – offenbar hatte er es auf die goldene Krone abgesehen!

Kitty nahm noch einmal all ihre Kraft zusammen und rannte so schnell wie nie zuvor. Der Wind pfiff ihr um die Ohren und ihr Umhang wehte in die Höhe. Von einem Dach zum anderen sprang sie. Dann schwang auch sie sich an einem Regenrohr nach unten.

Der Dieb schlich bereits die Stufen zur Bühne hinauf. Als der scharfe Blick seiner bernsteinfarbenen Augen auf Kitty fiel, die sich noch ganz am Rand der Menschenmenge befand, lachte er.

„Lass das!", rief Kitty. „Du darfst den Preis nicht stehlen! Du machst das ganze Fest kaputt!" Doch inmitten des lauten Klatschens und Jubelns des Publikums war sie nicht zu hören.

Auf Zehenspitzen tippelte der Dieb hinter

die Bürgermeisterin – und für einen kurzen Moment hatte Kitty freie Sicht auf den kleinen Gauner. Die geschmeidigen Bewegungen und die gespitzten Ohren kamen Kitty irgendwie bekannt vor. Schon stibitzte er die Krone aus dem Griff der Bürgermeisterin, sprang von der Tribüne und verschwand in einer Gasse.

Die Bürgermeisterin blickte ungläubig auf ihre leeren Hände. Im Publikum wurden erschrockene Rufe laut.

„Wo ist die Krone?“, fragte eine Frau in Kittys Nähe.

„Ich glaube, jemand hat sie geklaut!", keuchte der Mann neben ihr.

Der Umzug hielt überraschend an, sodass die Kinder sich gegenseitig anrempelten. Einige zeigten auf die Bürgermeisterin und teilten ihren Freunden die schlimme Nachricht von der gestohlenen Krone mit. Ein kleiner Junge mit einer Dinosaurier-Laterne brach in Tränen aus.

„Nicht nur die Krone ist verschwunden", rief eine Dame. „Dieser Dieb hat auch meine Handtasche gestohlen!"

„Und meine Uhr!", rief ein Mann. „Vielleicht treibt sich heute Abend eine ganze Räuberbande hier herum."

Der Tumult wurde immer lauter und Kittys Lehrerin kletterte eilig auf die Bühne, um mit

der Bürgermeisterin zu sprechen. Schließlich trat die Bürgermeisterin vor und bat mit hochgehaltener Hand um Ruhe. „Bitte, alle miteinander, beruhigen Sie sich! Ich weiß auch nicht, was auf unserem schönen Fest passiert ist, aber ich werde mein Bestes tun, um es herauszufinden."

Kittys Herz klopfte wild. Außer ihr hatte keiner den Dieb gesehen. Sie musste ihn finden und die Krone zurückholen! Angestrengt spähte sie in die schmale Gasse, in der dieser Schurke verschwunden war. Dann rückte sie ihre Superheldinnenmaske zurecht und sprintete los in die Dunkelheit.

Begegnung über den Wolken

Kitty rannte durch die Gasse. Je weiter sie sich von dem Fest entfernte, desto mehr verklang der Lärm der Menge. An einer Ecke blieb sie stehen und lauschte aufmerksam auf jeden noch so unscheinbaren Laut.

Ein sachter Windhauch strich durch die mondbeschienene Straße und in der Ferne rief eine Eule. Eine Handvoll Laub tanzte in der nächtlichen Brise.

Aus einer anderen Gasse ganz in der Nähe ertönten schnelle Schritte. Kitty folgte dem leisen Geräusch in der Hoffnung, es könnte vom Dieb kommen. Im Zickzack huschte sie durch das Labyrinth an Straßen und Gassen. Hin und wieder stoppten die Schritte, woraufhin auch Kitty stehen blieb. Immerhin war es viel leichter, den Räuber zu fangen, solange er nicht wusste, dass Kitty ihn verfolgte.

Die nächste Gasse führte auf eine breite Straße voller Läden und Restaurants. Wie Raureif glitzerte der Mondschein auf den Schaufenstern. Auf einem Schild im Fenster eines Cafés stand: *Köstliche Suppen und Nudelgerichte rund um die Uhr.* Und wie ein mächtiger Steinriese ragte das höchste Gebäude der Stadt, der Wunderturm, in die Nacht.

Kitty wartete und wartete, doch die Schritte waren nicht mehr zu hören. Hatte der Dieb sie doch bemerkt?

Versteckte er sich irgendwo hinter einer dunklen Ecke?

Hoch oben auf dem Wunderturm funkelte etwas. Etwa fünf Stockwerke über dem Boden befand sich ein kleiner dunkler Umriss, der sich sehr langsam bewegte – wie eine Ameise, die über einen Ast krabbelte. Erschrocken starrte Kitty nach oben. Der Dieb wirkte winzig, so ungeheuer hoch über dem Boden war er. Und das Funkeln kam von dem großen Stern auf der goldenen Krone, der im Mondlicht schimmerte.

Kittys Herz schlug schneller. Sie wusste, dass ihre Superkräfte ihr helfen würden … aber wollte sie sich wirklich in diese Höhe wagen? Der Wunderturm war gigantisch. Ganz oben gab es ein Lokal, in dem man essen konnte. Es nannte sich „Restaurant über den Wolken". Darüber ragte eine Radioantenne in den Himmel. Kitty konnte die Spitze erkennen, auf der eine rote Warnleuchte für Flugzeuge blinkte.

Sie schauderte. Vielleicht war der Turm sogar für jemanden mit Superkräften zu hoch. Doch die gestohlenen Dinge mussten ihren Besitzern zurückgegeben werden … und was wäre der Laternenwettbewerb ohne Preisverleihung? Sie dachte an die enttäuschten Gesichter ihrer Mitschüler. Also eilte sie zum Fuß des Turmes und fing an zu klettern.

Es fiel ihr schwer, an den glatten Mauern Stellen zu finden, an denen sie sich mit Händen und Füßen festhalten konnte.

Und je höher sie stieg, desto stärker blies der Wind. Als sie den Kopf hob, sah sie, wie der Dieb durch ein Fenster im sechsten Stock verschwand. Wahrscheinlich wollte er sich irgendwo im Turm verstecken.

Kitty kletterte bis zum sechsten Stock hinauf und glitt durch dasselbe Fenster ins Gebäude. Sie war auf einer langen Treppe gelandet, die weit nach oben und unten führte. Über ihr erklangen schnelle Schritte. Also folgte Kitty ihnen möglichst leise die Stufen hinauf.

Die Stufen schienen gar kein Ende zu nehmen. Kitty zählte die Stockwerke. Neun, zehn, elf … vierundzwanzig, fünfundzwanzig, sechsundzwanzig … Um die vierzigste Etage herum geriet Kitty durcheinander, doch kurz darauf hatte sie ohnehin das Ende der Treppe erreicht. Vor ihr lag eine prächtige Flügeltür, auf der in großen goldenen Buchstaben stand:

RESTAURANT
ÜBER DEN WOLKEN

Kitty zögerte. Der Dieb musste hier hineingegangen sein. Sie schlich näher heran.

Aus dem Restaurant drang ein Schnurren. Vorsichtig öffnete Kitty die Tür und entdeckte eine elegante schwarze Katze, die auf einem Hocker an der Bar saß. Ihr langer Schwanz zuckte, während sie durch einen rotgestreiften Strohhalm aus einem hohen Glas trank. Die Krone, die Handtasche und all die anderen gestohlenen Sachen lagen auf dem Tresen.

Kitty unterdrückte ein Keuchen. Dann war der Dieb also eine Katze! Darum konnte er so gut klettern und so elegant von einem Dach zum nächsten springen. Kitty musste zugeben, dass sie noch nie ein so flinkes Tier wie diesen kleinen Katzendieb gesehen hatte. Auch keines, das sich so unauffällig fortbewegen konnte. Aber wie konnte diese freche kleine Katze so entspannt hier sitzen, wenn sie doch gerade das Lichterfest ruiniert hatte!

Kitty schlich sich leise an und packte das diebische Fellknäuel, bevor es erneut flüchten konnte.

Überrascht zuckte der Räuber zusammen und verschüttete dabei das Getränk über dem Tresen. „He, was soll das? Wer bist du?"

„Ich bin Kitty und ich werde alles, was du gestohlen hast, zurückgeben!", antwortete Kitty. „Du solltest dich schämen." Sie drehte die Katze zu sich herum, um ihr ins Gesicht zu schauen. Dann nahm sie ihr die Maske ab. Darunter erschienen elegante Schnurrhaare, eine süße schwarze Nase und freche bernsteinfarbene Augen.

„Du hast mich erwischt! Das hat bisher noch keiner geschafft. Ich heiße übrigens Naseweis!" Grinsend streckte die Katze ihr eine pelzige schwarze Pfote entgegen. Ihr Schwanz schaukelte graziös hin und her.

Kitty ließ sie verdutzt los. Diese Katze schien es gar nicht zu stören, dass sie gerade gefangen worden war. Warum ärgerte sie sich nicht oder wirkte zumindest schuldbewusst?

Stattdessen hob Naseweis erneut ihr Glas und schlürfte durch ihren Strohhalm. „Wenn du willst, mach ich dir auch einen Smoothie, Kitty. Mango mit Fisch mag ich am liebsten!"

Kitty schüttelte den Kopf. So hatte sie sich das alles nicht vorgestellt. „Was machst du hier? Willst du das Restaurant ausrauben?"

„Ich wohne hier! Die Köchin lässt mich unter den Tischen schlafen und manchmal geben die Gäste mir etwas Hühnchen oder Fisch ab. Ich liebe es, hoch oben über den Wolken zu sein. Dann habe ich immer das Gefühl, ich könnte alles schaffen!" Naseweis flitzte ans Fenster, deutete mit der Pfote zum hellen Vollmond und lächelte auf die Stadt hinab. „Schau dir diesen Ausblick an. Einen schöneren gibt's in der ganzen Stadt nicht!"

Kitty trat zu ihr ans Fenster. Unter ihnen lagen die Gebäude und Plätze der Stadt, wie ein Teppich aus kleinen funkelnden Lichtern. Wenn sie genau hinsah, konnte Kitty gerade so den Park erkennen, der in der Nähe von ihrem Zuhause lag – und den Uhrenturm, auf dem sie Tiger kennengelernt hatte. Die ganze Stadt schimmerte irgendwie magisch im silbrigen Mondschein.

„Hey, du solltest bei mir einziehen!", redete Naseweis weiter. „Hier oben ist es super und

du hast genau die richtigen Katzenfähigkeiten, um bei mir mitzumachen."

„Du hast recht, hier oben ist es wirklich schön", stimmte Kitty ihr zu. „Nur habe ich schon eine Katzenbande und wir helfen anderen, statt ihnen etwas anzutun."

Naseweis schnaubte spöttisch. „Klingt total langweilig!"

„Das ist kein bisschen langweilig – es ist eine sehr wichtige Aufgabe. Ich würde niemals stehlen. Ist dir gar nicht klar, wie viele Menschen du heute traurig gemacht hast?"

Naseweis zuckte mit dem Schwanz. „Was redest du da? Ich hatte doch nur ein bisschen Spaß."

„Andere zu bestehlen, ist kein Spaß", sagte Kitty ernst. „Die Dame mit der Rubinhalskette hat erzählt, dass sie den Schmuck von ihrem Mann zur Hochzeit geschenkt bekommen hat. Er bedeutet ihr sehr viel."

Nun wirkte Naseweis doch etwas bedrückt. Dann

leuchteten ihre Bernsteinaugen auf. „Und was ist damit?“ Sie hopste zurück zur Bar und setzte sich die Krone auf den Kopf. „Die hier hat eigentlich noch keinem gehört – und siehst du, wie toll sie mir steht?“ Die Krone rutschte ihr über die samtschwarzen Ohren.

Im ersten Moment hätte Kitty am liebsten laut gelacht, doch sie hielt sich zurück. „Diese Krone zu klauen, war das Schlimmste überhaupt! Sie sollte am Ende des Festes als Preis verliehen werden. Eine Menge Kinder sind gerade sehr enttäuscht, dass sie verschwunden ist.“

„Das ist doch blöd! Ich glaube, du willst mir nur den Spaß verderben“, rief Naseweis und warf Kitty einen bösen Blick zu. Dann schnappte sie sich ihre Beute und flitzte schnell zur Tür hinaus.

Kitty rannte ihr nach, doch als sie die Treppe erreichte, war die schlaue kleine Katzendiebin schon fort.

Ein kleiner Wettstreit

Kitty sauste die Treppe hinab und hielt dabei nach Naseweis Ausschau. Auf halbem Weg nach unten blieb sie stehen und lauschte, doch alles blieb still. Wie hatte Naseweis so schnell verschwinden können?

Es dauerte lange, bis sie im Erdgeschoss angekommen war – und als sie es endlich geschafft hatte, schloss sich gerade die Tür vom Aufzug. Naseweis musste im Lift nach

unten gefahren sein, bevor sie in die Nacht entkommen war.

Kitty öffnete ein Fenster und kletterte auf den Gehsteig hinaus. Eine Wolke hatte sich vor den Mond geschoben, sodass es in den Straßen dunkel war. Stirnrunzelnd schaute Kitty sich auf der verlassenen Straße um. Eine leise Ahnung brachte sie dazu, der Gasse zu folgen, die zurück zum Fest führte.

Die Gespräche und das Lachen waren in den zuvor belebten Straßen verstummt. Die Kinder warteten mit ihren Laternen dicht vor der Tribüne und ließen nicht nur die Schultern, sondern auch ihre Laternen traurig hängen. Auf der Bühne hatte sich eine Gruppe von Lehrern versammelt, die sich mit der Bürgermeisterin beratschlagten.

Als Kitty das Ende der Gasse erreichte, sprang ein Schatten auf sie zu.

„Ich weiß, dass du mich verfolgst! Willst du mir schon wieder den Spaß verderben?", murrte Naseweis. Die goldene Krone saß schief auf ihrem Kopf.

„Naseweis, du musst auf mich hören!", sagte Kitty. „Andere zu bestehlen, ist kein

Spiel – es macht alle nur traurig. Siehst du die Frau da drüben? Ihr gehört die Handtasche, die du stibitzt hast."

Naseweis beobachtete die Dame, die sich gerade eine Träne aus den Augen wischte.

„Und schau dir meine Freunde an!", sprach Kitty weiter. „Sie haben sich so viel Mühe gegeben, ihre Laternen zu basteln, und hatten so viel Freude am Umzug, bis du die Krone geklaut hast."

Kittys Schulfreunde sahen sich besorgt um, als hätten sie Angst, der Dieb könnte jeden Moment erneut zuschlagen.

„Sieht es für dich so aus, als hätten sie Spaß?“, fragte Kitty die kleine Katze.

Naseweis musterte sie und ein schuldbewusster Ausdruck trat in ihr Gesicht. „Wahrscheinlich nicht! Es tut mir leid, Kitty. Als ich heute losgezogen bin, wollte ich einfach nur ein kleines Abenteuer erleben. Also habe ich mich selbst dazu herausgefordert, die Lichterkrone zu stehlen. Ich *liebe* es, meine genialen Katzendiebstahl-Fähigkeiten auszutesten!“ Sie leckte sich über ihr glattes schwarzes Fell. „Und als ich dann hier war und die vielen Leute gesehen habe, kam ich auf die lustige Idee, auch die anderen Sachen zu stibitzen, ohne erwischt zu werden. Ich hätte nicht gedacht, dass ich damit jemandem wehtue.“

„Vielleicht können wir ja gemeinsam alles wieder in Ordnung bringen", schlug Kitty vor.

Naseweis strich sich über die langen Schnurrhaare. „Na schön! Aber wie stellen wir das an?"

„Wir müssen nur zurückbringen, was du gestohlen hast … und wenn wir dabei unsere Katzenkräfte nutzen, macht es sogar richtig viel Spaß", erklärte Kitty. „Mal sehen, wer von uns die Sachen ihren Besitzern schneller zurückgeben kann."

Naseweis' Augen blitzten auf. „Herausforderung angenommen! Ich weiß, dass ich gewinnen werde!"

Kitty nahm die Handtasche der Dame und die Uhr des Mannes, bevor sie damit die Straße hinabrannte. Naseweis flitzte mit der

Rubinhalskette und der goldenen Krone hinterher.

„Die Letzte ist eine Bummelmieze!“, rief Naseweis. „Oh … und natürlich darf dich keiner erwischen!“

„Die Wette gilt!“, rief Kitty zurück. Dann glitt sie durch die Menge und hängte der Dame heimlich die gestohlene Handtasche wieder über die Schulter.

Naseweis kletterte in der Zwischenzeit flink an einem Laternenpfahl hinauf und sichtete von dort aus die

Besitzerin der Rubinhalskette am Rand der Menge. Die schwarze Katze flitzte über den Ast eines Baumes, bevor sie über die Straße sprang und der Dame im Flug die Halskette über den Kopf fallen ließ.

Die Frau schnappte erstaunt nach Luft und fasste nach ihrem Schmuck.

„Meine Kette! Wo kam die denn auf einmal her?“

„Ich glaube, da drüben hat sich gerade etwas bewegt!“, sagte ein Mann und zeigte in die falsche Richtung.

„Unglaublich!“,

fuhr die Frau fort. „Sie ist einfach wieder aufgetaucht, wie von Zauberhand!"

Naseweis grinste und schlich in die Dunkelheit einer nahen Gasse davon.

Kitty ließ die Uhr geschickt über das Handgelenk des Mannes gleiten, dem sie gehörte. Dabei sah sie, dass Naseweis sich gerade an den Zuschauern vorbei zur Bühne stahl. Die schlaue schwarze Katze stellte die Krone unbemerkt auf einen Tisch und war im nächsten Moment schon wieder verschwunden – wie ein Schatten in der Nacht.

Kurz darauf trat Naseweis grinsend zu Kitty. „Das hat wirklich Spaß gemacht! Aber meinst du, denen fällt überhaupt auf, dass ich die Krone zurückgebracht habe?"

Kitty lächelte. Die Bürgermeisterin und die

Lehrer unterhielten sich noch immer. Keiner hatte bemerkt, dass der Preis bereits wieder auf dem Tisch in der Mitte der Tribüne lag. Doch dann ertönte ein freudiger Schrei, als eines der Kinder die Krone entdeckte. Aufgeregtes Getuschel breitete sich aus.

„Die Krone ist wieder aufgetaucht!", rief eine dunkelhaarige Dame. „Ist das nicht toll?"

„Das sind wirklich gute Neuigkeiten", antwortete der Mann neben ihr. „Es war traurig, die Kinder so enttäuscht zu sehen."

„Dann bin ich wohl doch eine sehr brave Katze! *Und* ich habe unseren Wettstreit gewonnen. Ich wusste, ich würde schneller sein als du!" Naseweis führte einen kleinen Siegestanz auf und wedelte ihren Schwanz vor Kittys Gesicht herum.

„Na ja, also eigentlich …" Gerade wollte Kitty ihr erklären, dass sie zuerst fertig gewesen war. Doch dann biss sie sich auf die Zunge. Sie hatte so ein Gefühl, dass Naseweis keine gute Verliererin war. Auf diesem Weg freute sich die kleine Katzendiebin immerhin darüber, das Richtige getan zu haben. „Ich bin sehr stolz auf dich! Willst du noch bleiben

und zusehen, wer die Krone für die schönste Laterne gewinnt?"

„Lieber nicht." Naseweis zuckte unruhig mit dem Schwanz. „Der Abend ist noch jung – vielleicht wartet ja noch irgendein anderes Abenteuer auf mich!"

Kitty runzelte die Stirn. „Aber du wirst nicht wieder stehlen, oder? Vergiss nicht, wie schön es ist, andere glücklich zu machen."

„Klar – ich denk dran!" Naseweis zwinkerte ihr zu und strich sich über ihre Barthaare.

„Hoffentlich sehen wir uns mal wieder, Kitty. Komm doch ins Restaurant über den Wolken, wenn du mal Lust auf einen Mango-Fisch-Smoothie hast!"

„Danke, das mache ich! Viel Glück, Naseweis." Kitty sah zu, wie die schwarze Katze geschmeidig in der Menge verschwand.

Grinsend winkte ihr Naseweis noch einmal mit einem verschmitzten Funkeln in den Bernsteinaugen zu, bevor sie in eine kleine Gasse flitzte.

Kitty winkte lächelnd zurück. Sie hatte ein Abenteuer allein gemeistert, ganz ohne ihre Katzenbande. Sie konnte es gar nicht erwarten, ihrer Mutter davon zu erzählen! Mit Schmetterlingen im Bauch sah sie zu, wie die Bürgermeisterin mit der goldenen

Krone in den Händen vorne an die Bühne trat. Es sah ganz so aus, als würde die Preisverleihung nun beginnen!

Die Preisverleihung

Kitty sauste schnell zu ihrer Klasse zurück. „Danke, dass du auf meine Laterne aufgepasst hast!“, sagte sie zu Emily.

„Kein Problem!“, antwortete Emily. „Hast du gesehen, was passiert ist? Jetzt haben sie die Krone doch wiedergefunden.“

Kitty nickte und lächelte in sich hinein.

In diesem Moment sprach die Bürgermeisterin zum Publikum. „Meine Damen

und Herren! Es freut mich sehr, dass unser Preis wieder aufgetaucht ist – ein großes Dankeschön an alle, die dazu beigetragen haben. Nun werde ich den Gewinner des diesjährigen Laternenwettbewerbs bekanntgeben."

Ein Raunen ging durch die Menge und alle schauten gespannt zur Bühne.

„Die Preisrichter sind dem Umzug gefolgt und haben sich alle Laternen gründlich angesehen", sprach die Bürgermeisterin weiter. „In diesem Jahr gibt es so viele wunderschöne Laternen, dass die Entscheidung sehr schwergefallen ist. Aber am Ende waren wir uns einig. Die Gewinnerin ist … Emily Sanchez mit ihrer tollen Schmetterlings-Laterne!"

Das Publikum applaudierte. Kittys ganze Klasse jubelte und Emily wurde rot.

„Na, geh schon!", drängte Kitty ihre Freundin. „Du musst auf die Bühne und dir deinen Gewinn abholen."

Emily ging die Stufen zur Tribüne hinauf und schüttelte die Hand der Bürgermeisterin. Dann hielt sie ihre rot-lila Schmetterlings-Laterne mit den silbrigen Flügeln hoch, damit jeder sie gut sehen konnte.

Das Publikum klatschte laut und die Bürgermeisterin setzte Emily die

goldene Krone auf den Kopf. „Die hast du dir verdient! Da hast du eine wirklich wunderschöne und einfallsreiche Laterne gebastelt!"

Kitty jubelte. Sie war von Anfang an sicher gewesen, dass Emilys Laterne gewinnen würde! Plötzlich tippte ihr jemand auf die Schulter. Als sie sich umdrehte, stand direkt hinter Kitty – ihre Mutter. „Mama, du hast es geschafft!" Kitty strahlte. „Sieh mal! Emily hat den Laternenwettbewerb gewonnen."

„Das ist ja toll!“ Mama legte ihr einen Arm um die Schultern. „Tut mir leid, dass ich den Umzug verpasst habe. Hattest du Spaß?“

„Ja, es war wirklich aufregend!“, berichtete Kitty. „Die goldene Krone war verschwunden und ich musste den Dieb verfolgen, um sie wiederzuholen.“

„Meine Güte! Diese Geschichte musst du mir unbedingt erzählen!“, sagte Mama.

Gemeinsam verließen sie die Menge und kletterten auf ein Dach. Unter ihnen flatterten die Festgirlanden im Wind und die Laternen leuchteten hell im Dunkel der Nacht.

„Suchen wir uns einen bequemen Platz", schlug Kittys Mama vor. „Ich glaube, das Feuerwerk geht gleich los."

Sie fanden ein nettes Plätzchen neben einem Schornstein, gerade als die ersten Raketen in die Luft schossen. Lichtfontänen aus Gold und Silber sausten durch die Nacht, bevor sie wie Glitzerregen zu Boden fielen. Als Nächstes folgten blendend helle rote und grüne Raketen, die mit lautem Knall nach oben stoben. Der Nachthimmel füllte sich mit knisternden Farben, während eine Rakete nach der anderen in die Höhe schoss.

Kitty erhaschte einen Blick auf Naseweis, die auf einem entfernten Dach hockte. Die Augen der Katze funkelten. Sie winkte ein letztes Mal, bevor sie in die Nacht davonflitzte.

Kitty erzählte ihrer Mama alles über Naseweis und wie viel Mühe sie sich gegeben hatte, die freche Katze zu erwischen. „Also bin ich den ganzen hohen Wunderturm hochgestiegen, um mit Naseweis zu reden. Sie ist eine ziemlich unartige Katze, aber sobald sie verstanden hatte, wie traurig sie

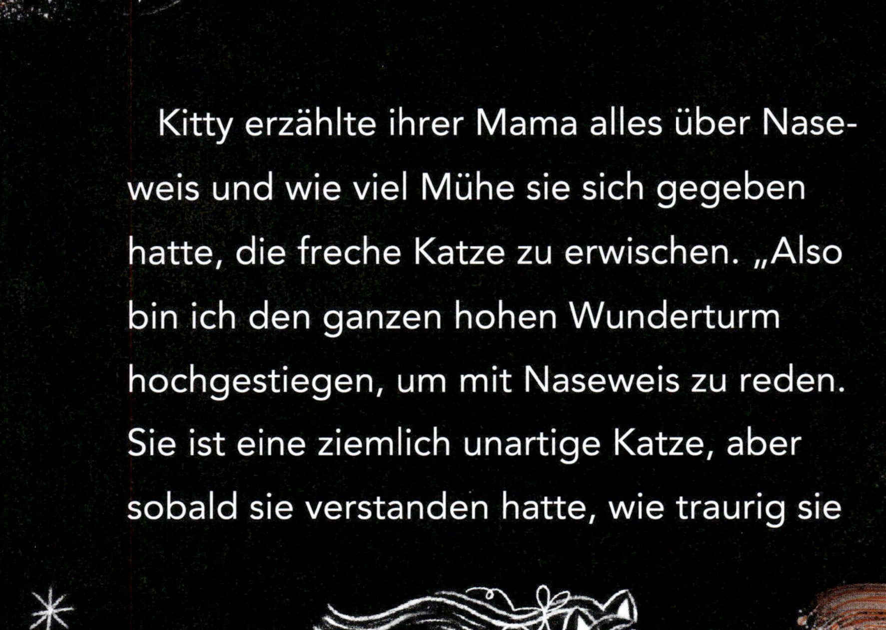

alle gemacht hat, hat sie alles zurückgegeben."

„Gut gemacht!" Mama umarmte sie. „Das war bestimmt nicht leicht, so ganz allein. Ich bin wirklich stolz auf dich! Möchtest du nach Hause gehen und das mit Heißer Schokolade und Marshmallows feiern?"

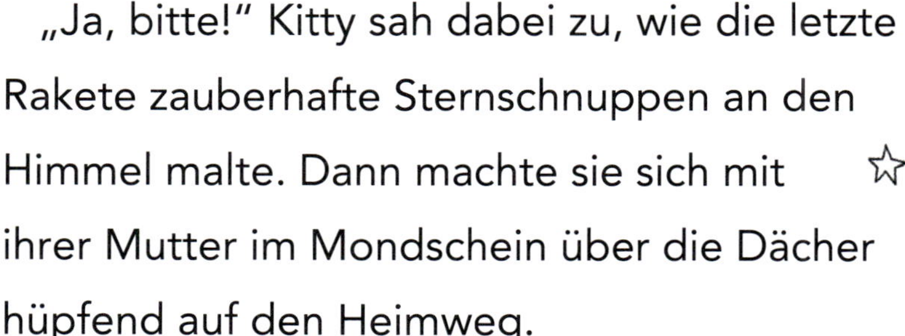

„Ja, bitte!“ Kitty sah dabei zu, wie die letzte Rakete zauberhafte Sternschnuppen an den Himmel malte. Dann machte sie sich mit ihrer Mutter im Mondschein über die Dächer hüpfend auf den Heimweg.

Dort würden Heiße Schokolade, Tiger und ihr gemütliches Bett auf sie warten. Abenteuer waren toll, aber am Ende wieder nach Hause zu kommen, war sogar noch besser!

Superfakten über Katzen

Superschnelligkeit

Hast du schon einmal beobachtet, wie eine Katze vor einem Hund wegläuft? Wenn ja, weißt du, dass sie sehr schnell sein können – fast bis zu 50 km/h!

Supergehör

Katzen haben ein unglaublich gutes Gehör und können ihre Ohren drehen, um selbst das kleinste Geräusch genau zu orten.

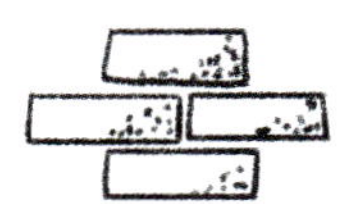

Superreflexe

Kennst du die Redewendung, dass Katzen angeblich immer auf ihren Füßen landen? Das sagt man, weil Katzen verblüffende Reflexe haben. Wenn eine Katze fällt, spürt sie schnell und instinktiv, in welche Position sie sich bewegen muss, damit sie sicher landet.

Supersprungkraft

Eine Katze kann aus dem Stand heraus über zwei Meter hoch springen. Zu verdanken hat sie das den kräftigen Muskeln ihrer Hinterbeine.

Supersehkraft

Katzen können auch in der Nacht wahnsinnig gut sehen. Das kleinste bisschen Licht genügt ihnen. So können sie sogar bei Dunkelheit auf die Jagd gehen.

Supergeruchssinn

Katzen haben einen sehr ausgeprägten Geruchssinn, 14-mal besser als der eines Menschen. Wusstest du, dass die Nase einer Katze durch ein ganz besonderes Muster genauso einmalig ist wie der Fingerabdruck eines Menschen?

Paula Harrison

Bevor sie als Schriftstellerin Erfolg hatte, war Paula jahrelang Grundschullehrerin. Während dieser Zeit hat sie gelernt, was Kinder an Geschichten mögen und wie sie auf Humor und Spannung reagieren. Diese Erfahrung war sehr nützlich für sie, sodass sie viele erfolgreiche Geschichten für junge Leser schreiben konnte.

Jenny Løvlie

Jenny stammt aus Norwegen und ist Illustratorin, Designerin und liebt Kreatives, Essen und Vögel. Die enge Bindung zwischen Menschen und Tieren fasziniert sie. Für ihre Arbeit benutzt sie gerne mutige Farben und Formen.

Kitty

DAS WILL ICH LESEN!

Band 1 • ISBN 978-3-7432-0680-9

Band 2 • ISBN 978-3-7432-0681-6

Band 3 • ISBN 978-3-7432-0682-3

Band 4 • ISBN 978-3-7432-0683-0